I SEE YOU

我看见了你

孙瑞雪 著

中国妇女出版社

孙瑞雪

- 中国著名教育家、儿童心理学家。
- 中国年轻父母们自我成长历程中温暖、持续而富有力量的支持者。
- “爱和自由、规则与平等”教育精神创始人。
- “完整的人和完整的成长”教育思想创始人。
- “儿童敏感期”理论创始人。
- 专著《爱和自由》《捕捉儿童敏感期》《完整的成长》，开创了中国幼儿教育界的新纪元。

孙老师的诗中，有灵魂。读这样的诗你会遇见自己。

这就是最好的疗愈。

——武志红

序言

Preface

我们都不完整，没关系！

文　孙瑞雪

罗杰斯[1]说：“你一生中唯一能做的事情，就是成为你自己。”我曾经把这句话挂在“儿童之家”进门的墙壁上最醒目的地方。一进门，我瞬间就可以看到。我想，其他人也可以一眼看到。这句话会引起我的思考，我期望也引起看见的人的思考和好奇。我喜欢。

1　卡尔·罗杰斯（1902—1987），美国心理学家，著有《论人的成长》《个人形成论》等。

我喜欢是因为我完全认同这句话，而且我认为，人内心的苦难就来自没有成为自己的支离破碎。因为意识不到这一点，大部分人都处在沉睡和原始的混沌之中。

老师们每天一打开门，就看见这句话，也许有一天她们可以把这句话想通透。这样自己受益，孩子受益，将来自己生了孩子也受益。

童年时期，如果没有暴力的侵入，一个人就会顺利地形成自我。有了这个基础，一个人才可能逐渐长成为完整的、独立的人。

我们这一代人没有形成，也许许多代人都没有形成，可能有些人正在形成。没有形成，就是破损的，我们就不是很爱自己，而是容易破坏自己。内心所有的矛盾、纷争、痛苦、不安、焦虑、踌躇、苦难、艰辛都会随着年龄的增长、境遇的改变蜂拥而至。人来到这个世界，真正是受苦的。受苦的目的就是想成为一个独立而完整的自己。这是一种意识状态。

这个历程，如果可以坚持走下去，有一个核心点就是爱自己。无论世界怎样，无论他人怎样，无论环境怎样，

“我是谁？”“我要成为谁？”“我做我自己。”“我爱我自己！”这样你就会在所有的经历和苦难中踏实成长。

用诗歌的形式来表达这些，感觉更痛快淋漓。我写给自己看，也写给朋友和同事看，这样好些年过去了。现在出版出来，我也写给你看。

也许有一天，你感觉到艰难和无助；也许有一天，你感觉到了困苦和无意义；也许有一天，至亲至爱背叛了你；也许有一天，你刚带完孩子，感到疲劳；也或许这一天你遇到了麻烦，情绪崩溃……你坐在沙发上，躺在床头，或是站在窗前，顺手拿起这本诗集，恰好翻开那首诗，诗句落入到你的眼里，响起在你的心灵里……这个时候，不是这首诗给了你温暖和慰藉，而是你借由这首诗自己温暖了自己。我想，这就是我对这本诗集的期盼和出版她的意义。

我们都不完整，没关系，我们都可以爱自己，可以趋向于完整和独立。

目 录

Contents

邀请自己

我和
我自己

发现自己

爱的
救赎

爱
自己

给孩子

邀请自己

你在哪里

闭上眼睛，
无论你在哪里，
蜷缩在沙发上，
或者在夜晚的床头。
让自己一个人。

闭上眼睛，
不管你坐在马桶上，
还是伫立在窗前。
让自己一个人。

此刻，

闭上眼睛，

让呼吸护送你进入内在，

在那里有一个声音：

回家，

和自己相遇，

从此不再孤独。

我想和你聊一聊

我想和你聊一聊，
我真的很孤独。
我拿起电话约了你，
但并没有告诉你我很孤独，
我只是期盼着。

有一天，
我又是那样的感觉，
我想和你聊一聊。
我就这样，
一次又一次，

把我的孤独遗忘在了我的生命之中，
让她离我的感觉越来越远。
可是，
我真的想跟你聊一聊。

我不知道是不是每个人都孤独，
我不知道是不是从母胎中脱离出来，
就注定要孤独。
孤独就像偏执的恋人一样尾随着我。

这一次，我不再有约你聊的冲动。
在疑惑中我缓缓转过了身，

凝视着我的孤独。
然后轻轻地捧起了她，
就像捧起爱人的面颊，
我吻了她。

当我松开我的双手时，
在那光亮的吻中我看到了我自己。
这一次我真的想和你聊一聊，
我很孤独但也很惊喜。
我真的想跟你聊一聊，
人是不是都是孤独的，
聊聊你要不要吻一吻自己的孤独。

我是谁

大多数时候，
我是我丰富的感受，
我是我潮起潮落的情绪，
我是我永不停息的思绪。

有时候，
我可以看到我的感受，
我可以旁观我情绪的升起又落下，
我甚至可以追随我繁忙的思想奔跑。

有个瞬间，
我还可以成为我的旁观者，

看着我倾听我。
我感觉到了我的存在感。
我存在了。

我常常问我：
“我是我的身体吗？”
“我是我的心智吗？”
“我是我的情感吗？”
还是“我是我的存在感？”
我一路追问下去，
到了悬崖边……

有时候，
我突然想到：
“‘我’的后面，谁在决定呢？”
这样一想，
我顿时又愉快又有力量，
就好像我触摸到了我，
也差点触摸到了我的真实本性。

我真为我的存在感到愉悦。
虽然我仍会消失在恐惧和事件中，
沮丧和焦虑会吞没我。
但只要一想到“我是谁？”

我就一下进入了宏大之中，
就好像有个秘密，
在等着我。

纵使日复一日地磨砺和蹉跎，
我知道我去向何处。
不消亡，我就这样存在着。
或早或晚，
我会知道——我是谁。

那球是我的

1

你和我，

我们俩都有一个相似的心理，

到处寻找认同、爱和赞赏。

我和你一样，

我们的心常常在茫然和纠葛中。

我问你：

“你究竟在何时、在哪里丢失了自己？”

你说：

“我怎么知道，你还是问你自己吧！”

可是，我没有和自己对话的习惯。

从小，我就问妈妈问爸爸问老师，问你。

你发火了：

“我和你一样大，我也在问别人。”

“我总这样吗？”

我忘了我原来可以自己问自己。

是的，

我总是忙着问别人。

这一次我忍耐住自己，

不问你，也不问“大师们”。

我不再寻找你的认同。

这样我便舒了一口气。

2

我不知道自己是谁，

而且我发现，

你也不知道。

反正，

我不想再和自己过不去。

不想抗拒自己，

被他人认同。

我终于自己想明白了。

3

我回到妈妈的家里，

发现她和自己过不去，

也和爸爸过不去。

我挠了挠头，

我知道，

她马上就要和我过不去了。

我笑了起来，

吻了她。

我感到我靠近了自己。

我就是这样，

和以前有一点不同了。

我开始发现，

以前我真的疯了，

我就是想让你知道我，

想让你理解我那一点点的情怀。

原来每个人都找不到心灵的读者。

我松了口气，

大笑了起来。

4

我在外面丢失了我，

我以为我必须在外面找到我。

原来我只能在我的里面找到自己。

我想知道自己的感觉。

虽然在这几十年，

我逐渐地没有了自己的感觉。

茫然也是一种感觉，

而且是我的。

今天，我走到社区的空地上，
一个破旧的小皮球滚到我的脚前，
我停了下来，
一个三岁的小男孩跑过来说：
“你不可以捡，我的球！”
我怔住了，
他捡起球走了。

我从他那里获得了力量，
“我的。”
我找到了一点点感觉，
我自己的感觉。

我奔跑了起来，
我感觉到阳光照耀着我，
就是这感觉，
我存在了。

我不知道如何爱自己

我以为爱自己，

就是在琳琅满目的商场购物。

我以为爱自己，

就是坐在烛光下享受温情和美食。

我以为爱自己，

就是在人群中争强斗艳。

我不知道如何爱自己，

所以当我快乐时，

我就又吃又购物。

当我痛苦时，

我还是又购物又吃，

或是找个咖啡厅，
坐在朋友的对面流泪和倾诉。

我不知道爱自己，
需要时间陪伴自己。
就像阅读一本顶好的书，
晒着太阳喝着自己喜欢的饮品，
懒懒地躺在躺椅上，
慢慢阅读着自己心灵的故事。
读懂身体每一个层面的需求，
也读懂我生命深处的呼唤。

我不知道爱自己，
要倾听我自己。
就像雨天站在窗前，闭目倾听雨声，
倾听我心头荡起的每一阵涟漪，
倾听头脑里的呢呢细语。
像站在寂静的树林中，听风声，
听内心涌起的渴望，
也听心头阵阵痛苦的呻吟。

我不知道爱自己，
需要宽慰我自己。

像母亲宽慰孩子，
也像阳光宽慰阴霾的大地。
我要宽慰我的幼稚和愚蠢，
也宽慰我的贪欲和脆弱。
我还要宽慰我的羞耻和屈辱。

我不知道爱自己，
需要包容我自己。
像土地包容种子，
也像海蚌包容珍珠。
我要包容我的童年和经历，
也包容我的现在和命运。

我学着做我自己的主人，

学着阅读并细细咀嚼我的故事。

我不活在我的童年里，

爱我自己，从走出和创造我开始。

我尝试着，重新导演我的人生，

爱我自己，就可以包容我生命中发生的所有。

我爱的是我自己！

请看看我

我知道你没有看见我，
在你生命的深处，
我静立在那最深的光中，
等待……
日复一日地守候，
你从未回头看见过我。

你可知道，
我只有一个使命，
就是爱你。

1

我静候着，

只是为了等待那一刻，

你蓦然回首间看见了我……

我预设了你生命的密码：

当你无依无助时，

当你沮丧和失意时，

当你痛苦和放弃时，

我默默守护着你。

我只有一个使命：爱你！

并且永无止境地爱你。

有时我变换着模式，
我成为光和声音，
在你迷失和遗忘时，
我在你的心中轻轻地呼唤你；
在你荣耀和傲慢时，
我亮起了你心头的明灯；
在你成就和炫耀时，
我捧着你的激情。
我就是这样无处可走地爱你。

有时基于你的意愿，
我就静立在你的深处。

当你憎恨自己，
愤怒异常；
当你厌倦时离弃自己，
忘记了你是谁；
我在那里，
一个眼神都不曾离开过。
无论你存在还是不想存在，
我就是不弃的爱。

2

可是，

几千年来你从不看我。

偶尔你回头凝视时，

就好像我是一片迷雾。

你欢快时喜欢看外面的世界，

你痛苦时渴望外人的慰藉。

我的王者，

我只是等待着，

永无止境地等待你。

3

我就是你，

除了爱你我一无所有。

你看，

一切都在你那里发生过了。

你富有了又贫穷，

爱你的人又爱上了别人，

辉煌的日子很快被落寞接管，

只有你不生不灭，永远活着。

我就在那里，

守护你！爱你！

我只在你的生命里，

我的使命就是专注地爱你。

4

我无息地在你美妙的生命中伫立，

从你诞生的那一刻，

甚至你出生之前，

甚至创世纪以前。

现在，我依然等待你回头凝视。

或是你不归来，

或者你离弃我。

哦，都没有关系。

我就伫立在你的生命中，
永恒地倾听你，爱你。

5

我知道，
那一刻将要到来，
你恍然开悟，
回头时瞥见了我。
就像被光击中，
如同在镜子里看见了自己。
你会泣不成声，

爱充满了你。
你发现了你的存在。
这就是灵魂的预言。

来吧，把你的手伸过来，
让我牵着你的手……
找回自己。

一起饮茶

她说：嗅一下茶味。

我就嗅出了沁人心脾的茶香。

她说：再嗅一下。

我就嗅出茶香后面的幽香。

她说：品一口茶水。

我就品出了幽香后面的水香。

她说：再品一口。

我就品出了水香流动的茶气。

她说：感觉一下身体。

我就感觉到脊骨温暖如春。

她说：再感觉一下。

这一次我感觉到了空无……

没有希冀和渴求，

也没有智慧和谋生，

只有在沉默中接受，

也在宁静中给予。

情人节

我一个人在晨光的阳台上等候，
这个早晨我沐浴完，
可是我没有情人和恋人。

我一个人给花瓶浇上水，
这个早晨我穿上美丽的衣裳，
可是没有快递送来玫瑰花。

我一个人泡一壶红茶，
这个早晨我轻涂红唇，
可是没有敲门声的探望。

我一个人坐在桌边静思，
这个早晨我清理了思绪，
可是人就是孤独的。

我一个人在江边散步，
这个早晨我感觉我的存在，
可是我们都知道没有人陪伴。

我一个人悄悄地告诉你，
这个早晨我们都等待不来什么，
可是人就是都在等待……

我知道的，
这个早晨我要叩响我的心门，
扬着我桃红般的面颊，
等着我自己。

我和我自己

倾听

如果有人指责你，

评判你，

观察并倾听他们。

那与你无关，

评判者只是呈现了他的声音。

如果你评判自己，

责备自己，

观察并倾听它。

那与你无关，

自责者只是你头脑的噪音。

如果有人赞美你，
或者蔑视你，
观察并倾听他，
也观察和倾听自己。
那与你无关，
你只是他人和自己的旁观者。

如果有人说出真理的声音，
发出呐喊，
倾听并观察他。
那也与你无关，
真理纯属个人的体验。

让一切静静上演，
你只是倾听和观察，
照见自己和自己之外的实相。
让观者长久地出现，
清明就悄悄地到来……

我属于我自己

我在你那儿唯唯诺诺，
言听计从。
没关系，
我知道我只是无力，
最终我属于我自己。

我在众人前矫揉造作，
曲意逢迎。
没关系，
我知道我只是无我，
最终我属于我自己。

我不停地调教和改变我，
让我成为你我期望的样子。
没关系，
我知道我只是卑微，
最终我只属于我自己。

你可知道，
我自己会用自由的速度成长，
我躲避危险和你。
拥抱我的无力、无我和卑微，
因为我只是属于我自己。

无论发生了什么，
谁羞辱我，
或是我惭愧无比。
没关系，
只要我有身体的感觉，
最终我只属于我自己。

我先学会安住在我的内在，
让我感觉到我的存在感。
只要拥有这一点，
活下来。
捆绑的锁链会自动崩碎，

飞翔的翅膀会慢慢长成。

有一天我会在空中飞翔……

我深知我只属于我自己。

别忘了你是谁

你在寻求被人关注吗?
你已经成为乞丐。
你要从他人的眼中,
看见自己的面孔和特征。
那就做乞丐吧,
但别忘了你是谁。

你在渴望被人关爱吗?
你只是在乞讨,
你想在他人的语言和态度里,
拼凑起自己的人格和人生。
那就乞讨吧。

别忘了你是谁。

你在寻求外面的认同吗？
我也在乞求荣誉和体面，
我们都是乞丐，
在评判、冷眼、尊重和荣耀中喘息。
那就苟延残喘吧，
别忘了你是谁。

别忘了你是谁。
你会逐渐发现那些法则：
给予者总能获得，

施与爱迎来世界。

你会发现，人，生而富有。

别忘了你是谁。

生命和生命力

冬天的早晨，
我的灵魂裸露着，
小路两边的枯树，
也裸露着白色的树干和枝条。
我总是从她们身边匆忙走过。

风吹不到这条小道。
周围片片浓浓的绿色，
香蕉树和棕榈树叶厚实而缄默，
榕树的叶子浓绿地密布着，
只有小道两边的枯树凸显着。
我匆匆走过。

这是南方的冬日。

身体走过这条小道，
走到江边，
风吹打着我裸露的身体，
我便又躲到这条小道。
裸着的灵魂看见了那一排枯树。
地上三叶草盛开着黄色的小花。

春天的早晨，
江边的砖地上铺满了落叶。
遮天盖地的树冠上，

怒放着淡淡的赭石红的嫩叶，
在雨中放着光的色调。
这是南方的春天。

穿过满树红花的红瓶刷子树林，
我停留在了小道上，
凝视着一棵裸露的枯干，
我裸露的灵魂触遍她的全身。
她说：只是裸露着。
我瞬间静止……

我开始每天伫立在她的面前。
第一天，第二天，
第三天，树枝上的嫩芽变成嫩叶，
红色的叶脉，血液般向着叶片展开。
我静立在小道，泪流满面……
忘了，我们的生命里都有生命力！
我的灵魂瞬间掠过草地、群山和森林，
落在细小嫩红的叶片上。

春天的早晨，
我不再裸露，
我的灵魂里安住着生命力，

生命力就安住在所有的生命里。

我是生命群中的一部分，

我知道，我是什么。

力量像春风一样吹遍原野。

释放我自己

我有没有释放过我自己?
不是我和你,
而是我和我自己。
没有观众,
也没有心灵的读者。
只有我,
我是我自己的观者。

我让我的身体疯狂地奔跑和舞动。
或是我在草地上打滚,在云层间飞翔。
让我压抑的意识迸发痛彻心扉的歌声和呐喊,
让我的心在阳光照耀的树梢上落脚。

或是我酣畅淋漓地刻下文字，
或是把茶水喝透，观察自己。

我不选择用忘掉自己的方式，
在酒杯中遗失，
或是在烟雾中迷失，
我都不选择。
我不在纵欲中坠落自己。
释放是在完全的自我中，
拥有和倾听自己。

我学着在释放后照顾我自己。
像流浪汉无所事事地晒着太阳，
像野猫般诡秘地玩着游戏，
也像母亲像父亲像外祖母，
照料我的内在。
我已经走过了我的童年，
我不回头，
爱自己，从此成为我自己的责任。

我不背弃我

我看到，
有些人很早就离弃了自己，
却不知道自己的死亡。
而我从未丢弃过我。

我从未放弃过做自己。
有时候我会带着自己逃亡，
有时候我会带着自己躲藏，
但我从未放弃过我。

偶尔，我会丢掉我，
陷入痛苦的边缘，

但绝望和麻木从未完全吞噬我。
我一次次地寻找到我。

直到很久之后，
我才发现了寻找我自己的秘密。
如同寻找我的家园，
我让我自己存在着，坚定地站着。

我看到，
我走出了逃亡的旷野，
那个奴役的我死了，
在我的福地，我成为了自由的人。

和自己在一起

当你一人时，
屏蔽所有人的声音，
只留下自己的声音。

当你一人时，
驱赶所有的人，
只和自己在一起。

当你一人时，
别跟随头脑的声音，
让心灵沉寂。

当你一人时，
静观情绪的起伏，
让宁静和喜悦陪伴。

当你一人时，
让内在空无一物，
在止中等待自己。

让爱成为我的神

当我沮丧时，
悄声而温存地对自己说：
“我爱我自己。”

当我痛苦时，
稳固而勇敢地对自己说：
“我爱我自己。”

当我绝望时，
坐下来守住自己，
用心对自己说，
而且写在纸上：

“我爱我自己……”

当我站在他人面前，
指责使我感到一无是处时，
我看着他的眼神，
用心灵温和而确定地对自己说：
“我爱我自己。”

持续地说下去，
恐惧无法占据我，
卑微也不能侵入我，
绝望会悄悄地离去。

让爱来守护我，
悄悄安住在我的心中，
成为我的神。

发现自己

忘不了

我总是忘不了初恋的感觉，
我以为我忘不了你。
五十岁时我才明白，
只有恋爱时，
我才回头光顾了我自己。

我总是忘不了被拒绝的伤痛，
我以为我忘不了卑微。
五十岁时我才明白，
只有你拒绝我时，
我才触摸到了真正的自己。

我总是忘不了我买不起的昂贵物品，
我以为我忘不了贫穷的羞耻。
五十岁时我才明白，
羞愧让我拥抱了我自己，
我才富足地回到了自己的位置。

我总是忘不了你的居高临下，
我以为我忘不了权威。
五十岁时我才明白，
沉默让我保持了尊贵，
我在尊贵中找到了生命。

我总是忘不了过往的岁月，
我以为五十岁时才能明白生命。
五十岁时我才明白，
一岁时我就在体验岁月，
岁月只是静静地在内在流过。

我在那些日子里

在你爱我的时光里，
我只享受你的爱，
享受阳光扑面，
微风吹拂。

在你不爱我的日子里，
我只是观察你也内观我。
即使我还爱着你，
我也独自在树荫下散步。

鲜花在默默开放，
太阳依然升起，

我失去了你，
但我没有失去过自己。

我不祈求你，
也不胁迫自己，
也不祈祷上帝。
我只是在雾霾中前行。

天会下起雨来，
在雨中撑起一把大伞，
伞下起舞的那个人不是你，
而我依旧是我。

分离

告别的感觉，
心像水滴在石头上跌碎，
爱在心里消失。
我的背影全是失落和悲伤，
但是我一次也没有回头。
我还没有学会和爱告别。

相聚的时光，
我没有沐浴温柔，
我在母亲那里，
没有品尝过旭日东升，
也没有体验过满月下落。

爱的日子变得尴尬和窘迫。

我还没有学会相爱，
爱的关系就变得惨绝人寰。
心碎了一地又一地，
我却拒绝了纠缠，
也拒绝了羞愧。
我没有依恋过母亲，
也决定不依恋你。
我想学会分离，
也学会独立。

我在自爱中逐渐失去焦虑，
在你的无爱中点滴地获得。
独自推着行李箱，
独自走过一段时光，
我学会了和过去分离，
和自己相聚。

如果没有我

如果没有我，
“我”就会成为任何。
任何人任何事任何能量，
主宰“我”。
唯独没有我。

如果我成为任何，
“我”在任何中繁忙转换，
“我”成为成千上万个你，
成为无尽头的恐惧和念头，
成为事件本身。
唯独没有我。

如果没有我，
我可能成为恶人或是善人，
那要看我遇到了谁，
我滋生在怎样的环境中。
唯独不是我。

但是我成为了我，
我可以同时看到我、你、情景，
我可以决定它对我的影响，
我又清明又有趣。
我是我自己。

宇宙设定了以每个生命为中心，

我，是有中心的。

万物围绕着我的中心，

流动而给予。

万物也围绕在你的中心，

滋润而流动，

我是稳定的，是无穷尽的。

你也是稳固的，无穷尽的。

我选择和决定我成为什么，

我，才是我宇宙的主宰。

春天

我看到了树和光，

我看到了嫩黄色的春芽，

然后，我看到了铺天盖地的黄绿色，

空气里飘荡着春色。

我伫立着，

静静地感受着，

闭上了眼睛。

可是，

这以前春天没有光临过这个星球吗？

这以前没有树，

也不发新芽吗？

这以前，

阳光普照的草地，

没有这样的嫩绿色吗？

这以前过去了五十七年？

我终于看见了阳光灿烂，

看见了树、草地，

看见了嫩绿色。

看见了大片大片的春绿，

看见了春天的季节。

这以前都结束了，

我的感受成为了今天。

静静的，

睁开了心的眼睛。

爱的发现

当我爱花时，
我看见了缤纷的植物。

当我爱小动物时，
我看到了所有的生命。

当我爱你时，
我看到了整个世界。

当我爱自己时，
我看到了上帝。

当我不爱时，

我囚禁了自己。

我

我就从了解我自己开始吧，
像第一次恋爱，
我爱上了陌生的我自己，
和爱上别人完全不同。

每一秒我都和自己无缝相处，
没有分离和渴求的焦虑。
我做和不做，都无法欺骗我。
爱还是不爱，由我选择。

我就从观察我自己开始吧，
观赏我海啸般的情绪，

山崩地裂似的雄伟和壮观，
还有缠绵悱恻像山间的云雾。

我就从发现我自己开始，
撒谎时精明得像个谋士，
助人时善良得像个天使，
诅咒自己时像个法官铁面无私。

我还惊讶到，
我站在桥头就倍感自己伟大，
可是人群中的我又渺小又卑微。
我瞬间踌躇满志，

瞬间又沦陷到沮丧。

我还看到我自己，
春风得意时的轻狂，
马失前蹄时的患得患失，
慈悲时像佛，
憎恨时又变成了阎王。

可是我还是感觉到，
太阳照耀大地时，
我爱上了我自己，
月亮升起时，

我陪伴着我自己。

我还发现，
我不嫌弃我。
我喜欢我的眼睛，
我也不讨厌我身上的污垢。

我不抛弃我，
我总是喋喋不休地和自己说话，
无论悲伤还是喜悦，
我都忠实地守候着我。

在我闲暇的时候，
躺在草地上晒着太阳，
我发现原来我既伟大又渺小，
既高尚又卑鄙。

我漫步在空寂的竹林里，
原来我既善良又恶毒，
我既美好又丑陋。
人与人有多大的区别呢？

我爱上了我自己，
我打算就这么轻松地活着，

没有什么要放弃和自责的。

我已经爱上了我自己，

爱上自己——真的很好！

爱的救赎

我看到了你

这一刻，
我站在阳台上听到了风，
风——从远处相约而来，
在池边的柳叶上翩然翻飞，
我的心便随风而去。

那一天，
我回头看见了水，
浩渺的水面伸向天际，
帆船静止在远方的水雾之中，
翠绿的岛屿安卧水中，
我的心就在天与水间自由地飞行。

那一瞬间，
我看到了蓝色的花，
然后看见了各色的花朵，
落英缤纷，
锦缎般的花瓣上，
响起肖邦的钢琴声，
柔美在我的生命中流过。

那一日清晨，
我看见了初升的太阳，
金色的阳光射入客厅，
照耀在屋前茂盛的树叶上，

从早晨一直光亮到傍晚，
我就坐在餐桌前凝望，
心安住在光中静静地止住了。

我知道，
风从那里穿过了数亿年，
水在那里生生不息地浩渺着，
鲜花在几亿年前就盛开了，
光永恒地照耀着。

但是那一刻，
我看见了你，

我从千百万个人前走过，
唯有看到你时，
风在眼前停止了，
水在天际边不再流动，
鲜花在心中静静盛开，
光铺天盖地地落下。

我站在阳台上，
风追逐着从眼前飞过，
水在天地之间缓慢流动，
阳光依旧照耀在客厅和树叶上，
但唯有你，

于我是独特的。

我开始在内心高歌，
潮水般的爱，
打开了懵懂初醒的我。
我知道，
一切都恒久不变，
就如你原本的样子存在。
只有我，
因爱你而改变了。

坐在你身边

坐在你身边，
双目注视你，
时间的光线就从窗前，
消失在了远山的后面。

你总是晃来晃去，
每件事都在你耳旁呼喊。
我的眼睛就来回散步，
心也追随着你。
思绪像春天的脚步匆匆来去，
何时我可以坐在你的身边？

我就是喜欢目不转睛，
定睛注视你，
不知为了什么，
突然有一天你走到我的眼前。
我就坐在你的对面，
抬头时，
我的双目坦然落入你的眼中。

时光在树荫间移居又移居，
我不想不思，什么也没有。
只有宁静、空寂和喜悦，
在我的心灵深处。

原来我只是爱你，
没有自己和思念，
没有欲望和拥有，
只是纯粹地爱你。

原来如此，
爱单纯得像光一般清透、明亮。
我看着早晨来了，
夜晚又去。
草地亮了，
光也走了……
我的内心变了，

哀伤的我觉知着那永恒的无常。

我就是喜欢睁大眼睛，
定睛注视你。
那一天，
我定睛注视时，
爱又光顾了我的内心。
我才惊讶到，
原来爱独立于我和你。
岁月变了，
爱却在那里恒久不变。

嫉妒

我嫉妒风，
只要你一走动，
风就环绕着你起舞。
我嫉妒笔，
每天当你需要时，
你都亲密地握它在手里。
我还嫉妒你的衣服，
它时刻拥抱着你，
和你亲密无间。
我还嫉妒你的剃须刀，
每天早起它总是吻遍你的面颊。

噢，让我也嫉妒阳光吧，
早晨它唤醒你，
还用温暖照耀着你。
让我也嫉妒黑夜，
当它悄悄来临时，
夜色温柔如水，
默默伴随着你。

当然，我也向往月亮，
它皓洁而宁静地注视着你，
不近也不远。
我的爱人，

我只是知道了嫉妒，

只是想在夜晚守护你，

想在早晨奔跑在你的前面；

在你的举足间，

握住你的手；

在你的面颊和唇上，

落下我的吻。

只是想，

让我的爱像飞鸟一样，

在你枝繁叶茂的大树上筑巢，

安家。

让爱飞翔

如果我恋爱了，
我就让爱情飞翔。
我想象在阳光下自由地飞。

第一次叫初恋，
我发现我只是在飘，
毫无自由地在空中翻飘，
反复撞到天桥上。

我以为这是刚刚开始，
虽然晕头转向，
飘逸也算是离开了地面，

自由的飞翔就在前面。

然后我又恋爱了，
这一次充其量是漫步，
在月光下漫步。
我以为反正以后一定会飞。

我不知道是想要自由飞翔，
还是想要恋爱飞翔。
恋爱始终没有让我长出翅膀，
我却在梦里一直飞着……

我站在阳台的上面，

展开了我已经衰老的双臂，

我意识到我是无法飞翔的，

刹那间，

我的爱像鸟儿一样飞了起来……

第一次看到你

好像永远是第一次见到你，
感觉你总是从光中，
迎面走来。

你的微笑，
像海潮般荡漾过来。
眉宇间的愉快和忧郁，
像叶面上的光斑，
时隐时现。
唇角的一抹纯真，
与我的凝望偶然相遇。

你的身影，
像森林中的鹿王子，
霍然闯入我的眼帘。
转身离去的背影，
又时刻停留在我的心间。
你走近时的步履，
像马蹄轻轻敲打着石板，
敲响我期盼的心声。

你的声音，
像山谷里回荡的鸣钟，
绵远而长久。

我要么为你歌唱，
要么在你钟声的幽静中安眠。

我的爱人，
何时我将我的手放入你的手中？
山谷寂静，
大海开道，
森林退后，
花草铺卷开来，
等待着，迎接我的初吻。

我的爱人，
我因爱你而怀揣不安，
像一个修行者，
觉知着行走的每一步，
变得清明又警觉。

我的爱人，
我因爱你开始拣选而创造我，
我又理性又成熟。
可是，我不敢靠近你。

我的爱人，
你何时吻我，
何时让我的手放入你的手中？
爱如同刚刚升起的太阳，
吻也像清晨的露珠，
在我的光辉中无影无踪。

我的爱人，
好像永远是第一次爱上你，
让我伫立在你的面前，
等待那个要发生的……

初吻是奇迹吗?

拥抱好像也不是。

可是我感觉的世界丰盛了,

我认知的世界扩展了,

我精神的世界富饶了。

我知道,

爱的发生,才是真正的奇迹。

因为爱,

我和你都成为了最富足的人。

我需要深刻地被看见

我不知道我需要被你看到。
在人群中，
我有意穿着独特，
夏日里围着一条丝巾，
我想让你发现我。

我不知道我想让你认识我。
没人的时候，
我站在风中，
伤感而风情万种，
我想让你知道我的丰富。

我不知道我想让你理解我。
第一次独自见面，
我站在你的面前，
欢快地呈现我每一个角度，
我想让你看到我的美好。

我以为你看见了我。
约会时，
我就坐在你的眼前，
音乐在月色里流淌，
我在你的生命里歌唱和舞蹈。
我还朗读了拜伦的爱情诗，

我想让你知道我内心世界的富饶。

我想让你看到儿时的我，
看到少女的我，
我的岁月还没度过青年。
我以为你真的看到了我。

我开始主动约你，
你的故事也不够久远。
大学时的日子，
让我看到了一点点的你。
可是我真的渴望你看到我。

我一次次讲述着童年的故事，
讲我哭泣的时候，
妈妈没看到我，
爸爸也没看到我，
可是，我渴望你看到我。
我真的渴望被你深深地看到。

我把脸贴在你的胸口，
你的心脏强烈地跳动着，
我猛然明白，
你也期望自己被深深地看到，
我们学会了心灵的凝望。

噢，我真的需要被深刻地看到，
尽管我不深刻。
我只是想知道我是谁？
我站在镜子前看着我自己，
你走过来从后面环抱住我。
你说：你看见了吗？
我说：我们都看到了自己。

和我在我的深处相见

我不是希冀你的身体，
坐在我的身体旁边。
感觉我吧，
这样你就看见了我。

我不是期望我的情绪，
引发你的情绪。
穿过我情绪的深处，
这样你就陪伴了我。

我渴望你安住在你的生命中，
走过我的感觉，

瞭望我的情绪，
跳过我的思维，
在心灵的深处和我相见。

我才是我一生的挚爱

如果我没有从父母那里获得，
我就无法退回童年。
那个可以玩耍的花园已经消失。

如果我期望从别人那里获得，
来救赎自己的幸福。
那是个重复性的童年幻觉。

带着破碎的心发现，
爱从来不是他人的任务，
爱是自己的使命。

爱自己，
怜悯和宽恕自己，
每一次的爱都是生命歇脚的驿站。

走到终点，
我发现：我一生唯一可以做的就是爱自己。

我才是我一生的挚爱。

在爱中主宰自己

1

我看见了你，

你也看见了我，

猛然发现我同时也看见了我自己，

我猜想你也看到了你自己。

你和我就从看见开始。

2

我开始在你生命的周围，

积极地寻找我的美好和警觉。

我不被动于生命，

也尝试着不被动于你，

但爱却始于你这里。

我敞开自己，

但又隐蔽自己。

我寻找你的一切，

如同寻找和创造我的完整，

但我必须在你的完全中再次看到我。

3

我没有学会爱的拥有，

耽迷在了失去的恐惧中。

我在你的世界中迷失了自己，

独舞着一个人的尴尬和背离。
我没有学会等待和失去，
我开始一贫如洗。

4

我知道这不是真相。
我们只是来到了边陲，
一个陌生的地方，
敞开和坦露而惧怕伤害，
我带着柔软，
无法迈向我。

5

爱也始于孩童一般的仰求，
纯真而多么的无助。
别伤及我，我的爱人。
也不要因为我全然的爱而轻视我，
无论你是否小心呵护，
我都必须学会让阳光照耀内心，
也许在你的慈悲中，
我将慈悲地善待自己。
或是环抱我，
使我安住在你的怀中，
全然的安眠和疗愈。

我将学会和我自己亲密，
学会拥抱你时拥抱我自己。

或是吻我，
像闪电一般，
吻遍我的全身，
在你每一个吻的光芒中，
我都会回到我的内心，
长长地舒一口气，
升华并重组自己。

6

但爱也始于痛苦悲憾的分离。
我没有学会在爱中分离，
分离又使我远离了自己。
噢，让我安住在我的心中，
体验陪伴我而靠近我自己。
在每一个呼吸之间，
逐渐把我的心领回家，
不再耽迷也不再恐惧。

7

我必须穿透我，

在你那里，
无论贫穷还是富有，
如同在我这里，
无论恐惧还是喜悦。
我必须透过我，
或是看透我自己。
无论如何，
我都必须走进这个未知的领地，
在我的生命中找到我，
如同在你的怀抱中遇见你自己。
爱，最终始于这里。

我和你

我喜欢你，
我以为我不占有你。
餐桌上的火龙果，
我挑最红最大的给你。
就像风，
我们一起去未来。

你喜欢我，
我以为你也不占有我。
随行的路上，
你把手递给我。
就像鸟儿，

我们一起落在树梢头。

可是我们彼此占有，
一起跌进被侵占的迷谷，
又共同努力挣扎到穹顶，
爱却让我们彼此囚禁。

我爱你，
答应不掌控你，
可是，你比我还要恐惧。
我们只好在距离中忍受寒冷，
原来占有是为了彼此温暖。

我承诺无论如何我绝不离弃，
你也应许和我共守相伴。
我不留恋恋爱时的浪漫，
你说，你也不停留在爱情的帷幔里。

我们一路走下去，
远方全是陌生和探险，
没有一处熟悉和舒适，
爱必须变得沉毅和坚强。

我和你，
我们都拿出全力来把握自己，

爱成为了凝视和微笑。

我和你的世界变得实相而无虚幻。

爱的历程

由于我爱你，
　　而走向你。

走进你阳光普照的绿色草地，
徜徉在你微风吹拂的林荫小道，
在你茂密的花林中好奇并探险。

由于我爱你，
　　而走进你。

我愉悦地穿过了你，
在不知的回首中，

扬起了我权力的红帆，
驰进你壁垒森严的王国，
安坐在你的王位上畅想而忘返，
期待着你惊讶的到来和宠爱。

由于我爱你，
　　而穿越了你。

我带着发现的喜悦，
在你未经允许的海面上触礁，
那是你自己都不驶进的禁区。
在搁浅的那一刻，

我经历了你的暴风骤雨，
在狂涛怒海中，
我把生命交融给了你。

啊，由于我爱你，
　　而触犯和深入了你。

我走进了你浓密的森林深处，
找到了那座尘封已久的城堡，
打开了一扉锈垢厚重的大门，
释放了怪兽般的你，
在恐惧中，你强行走进了我的生命。

由于我爱你，
　　而成为了你。

我走完了你所有疆土的每一个角落，
在你迷人的绿色森林、无常的大海中消亡，
失去了我深处的博大，
遗忘了我承袭的富饶王国，
我的王位。

由于我爱你，
　　而迷失了我。

我带着流浪者的无家可归，
回到我百年遗忘的王国，
破碎在我宝石镶嵌的王位上。
我和我拥抱在一起，
我在我的光海中沐浴疗慰，
噢——我是多么地爱我。

由于我爱我，
　　回归了我全部的荣耀和尊贵。

这一次，
我带着国王的荣耀再度发现你。

你是你，我是我。
你站在我的面前，
也以你王者的风范。
我们彼此证明，
永远相伴。

由于我爱你，
　　而找到了我。

一个人

和你相恋时，
我以为可以结束童年的无助，
我们是两个人。

和你耳鬓厮磨缠绵悱恻时，
我以为可以结束年轻时的孤寂，
我们是一个人。

和你四目相视泪流面颊，
我以为可以在你的怀抱里安藉。
我们是两个人。

和你日日相伴，
我以为人生有你我们都不孤独，
我们是两个人。

可是那天我看到你吻了我，
我看到你拥抱了我，
而我是一个人。

那天我读了你的故事，
我看到你独自前行，
是一个人。

那天我看到每个人的童年，
我看到每个人的青年中年老年，
都是一个人。

我还看到每个人都是独自，
还要独自去死亡，
而且一定是一个人。

一个人，这是个天大的秘密，
我以为你会恐惧，
你却说：是的，一个人。

爱自己

如果你爱

如果你爱，
不要把自己送给别人，
让自由人沦落为奴隶。
你是春天里开满鲜花的大树，
只让花瓣轻轻飘落……

如果你要性感，
不要让性代表你。
丢掉让性取悦别人的文化，
你是大海，
性是你快乐的浪花。

如果你要一个家，
不要依赖于他人。
让理性成为一棵常青树，
你是温暖的港湾，
选择和管理停泊的帆船。

你必须识得你的工作，
尤其是全职妈妈，
支取你 CEO 的报酬。
做个有爱的母亲，
也做个平衡的妻子。

如果你要成为自己，
你就没有了性别的差异。
你要你所要的生活，
像大地一样沉默，
无所谓女人、男人、小孩、老人……

宁静

当我宁静时，
风从我的面颊轻轻抚过，
光透彻出我微闭的眼睑，
心在静止中不起一丝涟漪。

当我宁静时，
声音在空气中消失，
万物融入浩瀚的海洋，
身体只留下一呼一吸的韵律。

当我宁静时，
头脑像仆人无息地伫立，

情绪像明月皓洁的夜空，
意识明察秋毫。

当我宁静时，
清明的意识照耀天地，
空寂一般的静止，
而宁静鲜活着……

那个瞬间

我把我的诗送给你，
你读了，
顺手放置在了桌角，
岁月的灰尘落盖之上。

有一日你突然想起她，
抹去灰尘，
在默读中流泪了，
岁月给了你新的体验。

那不是我的感觉，
你我都不知自己将在哪里开悟，

一朵花，

一片云，

或是一抬头的瞬间……

聚会

因为偶然的机会，
我们用爱相约了。
其实我们都不孤独。

我只是想让你记得那个聚会，
有一天，
你独自行走，
别忘了带上爱。

或者忘了聚会，
但带上爱。
爱没有重量，

严冬里会暖暖地拥抱你，

沉默时也能听到她的歌声。

爱自己

你无需寻找理由。

无理由的，

爱自己。

你无需具备条件。

无条件的，

爱自己。

你无需考虑。

无思考的，

爱自己。

你无需他人的允许。
无端的，
爱自己。

你无需被人爱。
无由头的（无缘无故），
爱自己。

无论发生了什么，
爱自己，
这是最高的善、智慧和真相。

我陪伴我

在我思念的时候，
我只是观照思念。

在我孤独的时候，
我只是陪伴孤独。

在我渴望时，
我只是聆听渴望。

在我愤怒时，
我只是允许愤怒。

在我绝望时，

我就高度关注地觉察绝望。

在我欢快时，

我就瞭望欢快。

在我悲伤时，

我倾听悲伤的诉说。

在我宁静时，

我就拥抱宁静的韵律。

在我爱时，

我就开始行动，

并和爱在一起。

我想自由自在地活着

人有成千上万种求生存的方式，
我只是其中的一种。
人有成千上万种童年成长的模式，
我也是其中一个。
人有成千上万种文化生态，
我生活在一种文化里。

我看到，
就在此刻，
不同的人延续生活在不同的文明中。
在我的身旁，
原始的、封建的、现代的、超现代的……

在这些意识的次第中，
我站在哪个台阶上？

我超越了生存的限制而活着吗？
我超越了童年的限制而活着吗？
我是否超越了文化的限制而活着？
我想知道我的生存状态。

我知道，如果我超越了生存，
我就不做劳作的奴隶。
如果我超越了童年，
我就解脱了挣扎和纠缠。

如果我超越了文化，
我就超越了限制。

我就是一个自由的人。
我想超越越来越少的限制，
站在生存之上，
站在童年之上，
站在文化之上，
我想自由自在地活着。

灵魂和灵魂的流动

我进入你油绿的生命和粉色的花团中，
枝条将柔美和安详沁入我的心田，
我就消失了，在你的氛围中失去了我。
而你，你用你红红的、怒放的花朵迎接我，
将我包裹而消融我，
用你浓浓的花香迷醉我……
我却被你近旁的、那紧簇的黄色花蕊牵引着，
被勃勃的生命之水锁住。
这个游戏就在我们四个生命之间开始，
我们都在原地生根，
然后，让每一个“我”在我们之间流淌……
流淌中，我们就流淌出了一条生命之河，

河水中洋溢着你们的生机和盛开的宁静，

也流淌着我的神韵和意识。

爱也是多余的

我已经扛不住打击，
像冬日早晨寒霜中的枯叶，
即使没有风吹，
枯叶也会自行凋零。

我已经无法在林中居住，
只好把巢穴高高筑在松树顶上。
没有往来，
在孤寂中唱着沉默的歌。

我已经排解不开纷扰，
像北极冻结的冰川，

没有诉说，
在白茫茫的空寂中静伫。

我终于臣服，
风吹过不再有任何期待，
没有依赖，
成为整体里的一分子。
不需要怜悯，
爱，也是多余的。

爱的真谛

“爱”不是一个词汇，
但可以用词汇的形式表达；
“爱”不是一种理解，
理解是头脑层面的。

爱是体验；
“爱”不是一种原始的感觉，
但爱必须被感觉；
“爱”不是一种情绪，
但爱是最宁静和最喜悦的激情；
“爱”不是一种照顾，
但爱可以透过照顾来传递。

“爱”也不是一种作为母亲和父亲的本能，
那是动物的状态，而非人类的；
但爱是父母借助爱孩子使自己生命升华。
爱是在人类进化过程中，
不断学习、体验，
逐渐发展出的人类生命中的精神特质。

“爱”是世界上最美妙、最全息、最深刻、最纯粹、
最伟大的体验和经历过的真实；
爱是一种持续性的体验和经历过的真实。
借由体验和经历的真实，

爱成为一种人的意识。

爱是人意识进化的标识。

爱是人稳固的意识和灵魂。

给孩子

你是我的世界

我的鼻子在吮吸你的乳房时，
嗅到了你的味道，
我熟悉这样的芳香。

我的皮肤在紧贴着你的肌肤时，
感觉到了你的温度，
我熟悉了你的温暖。

我的眼睛睁开时，
看见了你的眼睛，
我熟悉了光明的微笑。

我的耳朵听到了你的呼唤，
你总是说：妈妈，妈妈。
我熟悉了妈妈的柔情。

我的舌头舔着你的奶汁，
奶汁滋润了我的渴望，
我熟悉了身心的满足。

这就是我全部的世界。
我用熟悉的世界，
托起了我的人生。

把爱留下来

你要去洗手间吗?
用微笑把爱留下,
我不知道你的消失。

你要去窗前发呆吗?
用眼神把爱留下,
我以为你不在了。

你要去做饭吗?
用话语把爱留下,
我担心你不再出现。

你要出门工作吗?
用吻和拥抱把爱留下,
我会好长时间见不到你。

你要把我送进幼儿园吗?
用微笑、眼神、话语,
还有吻、拥抱都加在一起,
把爱留下。
看不见你好像是永远。

可是这些爱还不够,
妈妈,把爱装满我的衣兜,

装满我的心。

来接我，还要带上爱。

孩子的手表

“老师，这是我爸爸出差给我买的手表。”
孩子伸出手臂让我看，
早晨的阳光，灿烂在孩子自豪的脸上。
噢……

“老师，这是我爸爸给我买的手表。”
孩子一边伸出手腕，
一边兴奋而探究地看着我。
噢，这是这个早晨的第十次了。

“老师，这是我爸爸送给我的手表。”
孩子认真地伸出手腕，

骄傲自足地说。
噢，我明白了。

“老师，这是我爸爸送给我的手表。”
中午的太阳照耀在孩子的脸上。
“你爸爸好爱你呀！”
孩子释然地笑了。

“老师，这是我爸爸送给我的手表。”
我认真地看着手表，
然后吻了又吻孩子的小手，
“噢，你爸爸太爱太爱你了。”

“老师，这是我爸爸送给我的手表。”
孩子拉着爸爸来找我，
看着爸爸也看着我，
我对孩子说：“爸爸好爱好爱你。”

这一天，
我想和孩子一样，
浸泡在爱中……
爱要无数次的累积，
爱要持续性的证明。

捉迷藏

你躲在桌子后面，
我就在桌后找到你。
你躲在柜子里，
我就在柜子里找到你。

你躲在天上，
我就在云彩里找到你。
你藏在地下，
我就在大树下找到你。

你是我的最爱，
无论你躲在哪里，

我都要把你拉回我的怀抱里，
在我的爱里看护你长大。

爱会找到我

我躲在了桌子后面，
屏住呼吸，
期盼你一把抓住我。
可是，
你却到门背后找我。

我躲在了门后面，
这次，
你一定会找到我。
可是，
你却去了桌子后面。

我从门后出来，
挥着双手呼叫：
我在这里！
你大吃一惊地抓住了我。

我永远都藏在门后，
让你找到我，
让你吻我，
我在大笑中推开你。

这是小孩子的游戏，
即使看不到妈妈，

爱也会来成功地抓到孩子，
而且一遍又一遍地找到。

即使我丢了，
即使我离开了妈妈，
爱依然会找到我，
我是安全的。

孩子的爱

我问孩子：你最爱谁？
孩子神秘地笑了，
然后沉默地看着我……

我问孩子：是妈妈还是爸爸？
孩子凝视着空气，
依然沉默……

我又问：或者是爷爷、奶奶？
孩子笑了，
直视我的眼睛说：我最爱我自己！

我大吃一惊……

感到自己的生命没有了余地。

孩子狡黠地说：

我不爱我自己，

我就无法爱我的爸爸妈妈！

我知道这不是思考的结果，

爱的真相是孩子的了悟。

可是成人却忘记了自己。

孩子的问候

我问孩子：如果我的好朋友不和我玩了？

孩子说：你就找其他人玩。

我问孩子：其他人也不和我玩呢？

孩子说：我找你玩。

我问孩子：如果你也不和我玩了？

孩子说：你找小狗玩。

我问孩子：小狗也不和我玩呢？

孩子说：你找花朵玩。

我问孩子：花朵也不和我玩呢？

孩子温柔地笑了，

他看着我的眼睛暖暖地说：

我可以和我在一起，我是我自己的朋友。

孩子用了第一人称。

那些悲伤而无助的人，
可听到风带来了孩子的问候。
如果你还孤独，
便是自己没有找到自己。

我看见了。

图书在版编目（CIP）数据

我看见了你 / 孙瑞雪著. -- 北京 ：中国妇女出版社，2021.1（2021.2重印）
ISBN 978-7-5127-1910-1

Ⅰ. ①我… Ⅱ. ①孙… Ⅲ. ①诗集－中国－当代 Ⅳ. ①I227

中国版本图书馆CIP数据核字（2020）第190846号

我看见了你

作　　者：孙瑞雪　著
责任编辑：王　琳
封面设计：季晨设计工作室
责任印制：王卫东
出版发行：中国妇女出版社
地　　址：北京市东城区史家胡同甲24号　　邮政编码：100010
电　　话：（010）65133160（发行部）　　65133161（邮购）
网　　址：www.womenbooks.cn
法律顾问：北京市道可特律师事务所
经　　销：各地新华书店
印　　刷：北京通州皇家印刷厂
开　　本：130×185　1/32
印　　张：6.5
字　　数：95千字
版　　次：2021年1月第1版
印　　次：2021年2月第2次
书　　号：ISBN 978-7-5127-1910-1
定　　价：69.80元（精装）